Des Menschen Engel ist die Zeit

Zusammengestellt von
Siegfried Völlger

Carl Hanser Verlag

ISBN 3-446-20174-2

Umschlagentwurf: Peter-Andreas Hassiepen, München,
unter Verwendung eines Gemäldes von Raffael,
Deckenausschnitt *Justitia* der *Stanza della Segnatura.*
Vatikanischer Palast, Vatikan
Satz: Satz für Satz. Barbara Reischmann, Leutkirch
Druck und Bindung: Frühmorgen & Holzmann, München
Printed in Germany

In diesem Augenblick

Werd' ich zum Augenblicke sagen:
Verweile doch! Du bist so schön!

J. W. von Goethe

In diesem Augenblick

»Das ist es, was wir haben, und es ist schön so.
Geben wir uns keiner Täuschung hin.«

Ich weiß, sie hat recht.
Deshalb schau ich gradaus
auf den Kalender, die Uhr,
umkreise den Ort auf dem Faltplan,
prüfe den Luft- und den Blutdruck,
messe die Temperatur ihres Körpers,
messe die meine und die dieser Nacht.

So groß die Stille, in diesem Augenblick,
in genauem Abstand zum Vollmond.
Das ist es, was wir haben.

T. Carmi

Die Verlobung

Ich fand einen Schlüssel
auf der Straße,
einen Hausschlüssel,
glitzernd lag er da.

Das ist lange her.
Wer ihn verloren hat,
der denkt heute abend
nicht mehr, wie ich, daran.

Es war eine riesige Stadt
voll dunkler Fenster,
Säulen und Kuppeln.
Da stand ich und dachte nach.

Die Straße vor mir
lag schattig da, gefährlich,
nun, da ich den Schlüssel
in der Hand hielt. Nur

ein paar späte Fußgänger
waren zu sehen, gemessen
und ernst. Über ihnen der Himmel
war unirdisch klar.

Die Ewigkeit, dachte ich,
ist voller Eifersucht
auf den Augenblick.
Dann war der Augenblick vorbei.

Charles Simic

Ziegenhirt

Das Dunkel der Nacht
ist ferner von allem Leben
als Granit
5 Uhr morgens. November

An den Fensterscheiben
Eisblumen
minus 15 Grad
5 Uhr morgens. Dezember

Am Morgen ist der Herd tot
stumm wie der Wald
aus gefrorenen Bäumen
5 Uhr morgens. Januar

Beim Aufwachen fleht der Schlaf
um einen weiteren Besuch
in ihren Sommern
5 Uhr morgens. Februar

Er lehnt ab furzt
macht Feuer geht hinaus
greift den Melkeimer
Halb 6 Uhr morgens.

John Berger

Nur Augen

Die plötzliche Übereinstimmung. Eine Stunde
abgerissen vom Kalender verabredet
mit einer anderen Stunde. Jahre
abgeblättert wie ein Buch
wieder und wieder gelesen.
Eine alte Adresse
und eine Telephonnummer. Augen
die nur Augen sahen

David Rokeah

Hier wurde der Tag geboren, heute.
Kein Zweifel stellt sich hier ein. Alles steht aufrecht, ist kraftvoll und hell. Alles ist still.
Obwohl es, notgedrungen, nur ein Augenblick des Tages und der Jahreszeit ist, ein Augenblick in unserem Leben, obwohl wir in diesem winzig kleinen Augenblick, selbst winzig klein, an dem hängen, was vielleicht nur ein wenig Glut und Staub ist in einer endlosen Verschachtelung schwarzer Abgründe, sind dieser Ort und dieser Augenblick kein Traum; und etwas in den Fesseln, die uns daran binden, kann nicht gemessen, gewogen, berechnet werden. Alles hält fest zusammen durch steinerne Knoten. Wie vor sehr langer Zeit. An dieses strahlende Licht kann man sich lehnen, sich schmiegen. Es ist die einzige uneinnehmbare Festung, die ich jemals gesehen habe.

Philippe Jaccottet

Vorübergehen und nur zum Schein

Morgens aufstehen und zur Arbeit gehen, mit den Menschen durch Gefühle der Liebe, der Freundschaft oder der Feindschaft verbunden sein – und sich die ganze Zeit darüber im klaren sein, daß all dies nur vorübergehend und zum Schein ist. Unerschütterlich und greifbar war in ihm eigentlich nur die Hoffnung, diese war so stark, daß ihn das Leben selbst bereits ungeduldig machte. Jetzt, gleich, in einer Minute, sollte er es zu fassen kriegen – aber was eigentlich? Die Zauberformel, in der sich die ganze Wahrheit über unsere Existenz verbirgt. Er putzte sich die Zähne, und sie stand bereits hinter ihm, er stand unter der Dusche und hätte sie fast ausgesprochen, wäre er nicht zum Bus geeilt, hätte sie sich vielleicht gezeigt – und so ging es den ganzen Tag. Wenn er mitten in der Nacht aufwachte, fühlte er manchmal, daß er gerade dabei war, durch einen dünnen Schleier hindurch zu ihr vorzudringen, doch dann, durch die Anstrengung ermüdet, schlief er wieder ein.

Eigentlich bedrückte ihn diese fixe Idee. Er sah ein, daß er ganz er selbst und ganz im Hier und Jetzt sein sollte, achtsam gegenüber den Menschen, die ihm nahestanden, und bestrebt, deren Erwartungen, die sie an ihn richteten, zu erfüllen. Aufzudecken, daß auch diese Menschen nur vorübergehend und zum Schein existierten, wäre für sie verletzend gewesen. Somit konnte er dem Gedanken nie Ausdruck verleihen, daß er für das Leben mit ihnen wahrhaftig keine Zeit hatte.

Czesław Miłosz

Handlungen, die an sich nicht verdienstlich sind, erscheinen uns oft als solche, wenn man früh aufstehen muß, um sie auszuüben.

Bernard Shaw

Ein Heldendenkmal ist eine vortreffliche Sonnenuhr. Man sieht es ihm an, welche Stunde geschlagen hat.

Stanisław Jerzy Lec

Verständlicher Wunsch

Der Wunsch, sich schon um sechs Uhr zu besaufen,
ist sehr verständlich, wenn die Dinge laufen,
wie sie nun einmal laufen, nämlich schlecht:
Da kommt ein Rausch um sechs Uhr grade recht.

Bis sechs Uhr sollte man sich schon bequemen,
die Welt, wie sie nun einmal ist, zu nehmen.
Und wie sie nun mal ist, hat jeder recht,
der ihr bescheinigt: Sie ist ziemlich schlecht.

Ab sechs Uhr freilich darf der Mensch erwarten,
daß sie nicht länger wüst ist, sondern Garten.
Und wird auch manchem, der sie wässert, schlecht:
Ihm gibt doch alles, was sie bessert, recht.

Robert Gernhardt

Und wiederum
hatte der Herr der Heerscharen
einen menschenfreundlichen Tag zu verzeichnen
drei Religionskriege vom Zaun gebrochen
etliche Wirbelstürme entbunden
eine neue Seuche kreiert
Utopien in die Seelen gepflanzt
ungezählte Kinder erfolgreich zu Schaden gebracht
da konnte man sich
als Fürst der Welt
eine Sekunde Ruhe gönnen
etwas Lyrisches tun
den Blick dieses Mannes auf jene Frau lenken
hinter ihren Brüsten das Herz sichtbar machen
im Herzschlag Angst und Verlangen mobilisieren
ein kleines Höllenfeuer schüren

Wie sie ihn anhimmelten
die beiden

Alfred Brendel

Montag, der erste

Es ist Montag, und es ist der erste, und ich beginne nichts von vorn. Möchte nur mehr schlecht und recht, schleppend, krächzend, stöhnend, mit dem Okular und scharf geschliffenen Instrumenten das fortsetzen, was ich letzten Montag angefangen habe. Ich möchte montags und am ersten nicht mehr die Welt erlösen oder sie aus den Angeln heben. Möchte nur noch leben in dieser Welt, montags und auch am ersten, genauso lange, bis ich meine Arbeit getan und meine Pflicht erfüllt habe. So bescheiden? Im Gegenteil, so ehrgeizig, am Montag und am ersten.

Sándor Márai

Auch Einsteins Zeit richtete sich nach der Stadtuhr.

Stanisław Jerzy Lec

Freitagabend

Schönes Wochenende auch. Was haben sie vor?
Ausflüge. Eine Kahnfahrt
Picknick. Den Liebesakt?

Wir verfallen der luftigen Melancholie.
Zähe Stunden. Die Falle schnappt zu.
Es hat uns verschlagen.

Schlingernd mit dem Rheinschiff zu Tal.
Lampions. Musik. Schon wars geschehn.
Wir lagen fest. Nicht gewünscht
Aber da.

Schönes Wochenende auch. Die Liebste
Nahm Platz auf nem Stern.
Baumel dich aus. Wir sehen uns noch
Zwei schwarzblaue Dohlen.

Rolf Haufs

Schriftliche Entschuldigung

Sehr geehrter Herr Verleger,
ich habe letzte Nacht
und viele letzte Nächte
eine Frau ihres Liebes-
kummers enthoben
und wieder in das verfluchte Leben
gebracht.
Ich bitte Sie, mir zu ver-
geben, daß mein Manuskript
3 Jahre später bei Ihnen
eintrifft.

Beat Brechbühl

Weswegen Brownlee fortging

Weswegen Brownlee fortging und wohin,
Ist heute noch ein Rätsel.
Denn wenn ein Mann zufrieden schien,
Dann er: zwei Morgen Gerste,
Ein Morgen Erdäpfel, vier Ochsen,
Eine Milchkuh, ein Bauernhaus mit Schieferdach.
Zuletzt sah man ihn pflügen gehn,
An einem klaren Märzmorgen in der Früh.

Mittags war er schon in aller Munde.
Alles hatte man verlassen aufgefunden:
Die letzte Zeile ungepflügt, die beiden
Rappen, wie Mann und Frau, von einem Fuß
Auf den anderen tretend,
Mit stierem Zukunftsblick.

Paul Muldoon

Jahr und End

Die dunkle tönende
Leere
zwischen den Jahren
ist vielleicht das Glück
das du brauchst
Oder auch nicht.

Lieber Gott des Menschen
und der Eintracht
nimm mir meinen Egoismus weg

und schenk mir eine Tasse Tee
ein.
Ja, ohne Zucker.

Beat Brechbühl

ein wintergedanke

Alles, worauf ich stets mich verlassen
habe,
daß es mir
näher stünde als nah,
scheint jetzt ferner und nimmt keine notiz von
mir,
mißachtet den wert
meiner gefühle.
so verändere ich mich wie jahreszeiten –
ausgenommen
meine winter.   sie heften sich
an mich.
nie der frühling, sommer oder herbst.

Ray Young Bear

Der Fels

Unbewegt
seit unendlichen
Zeiten
ruhst du
dort inmitten der Pfade
inmitten der winde
ruhst du
bedeckt mit dem Kot der Vögel
Gras, das aus deinen Füßen wächst
dein Kopf geschmückt mit Vogeldaunen
ruhst du
inmitten der Winde
wartest du
Betagter

Lied der Omaha

Dort in der Ewigkeit

Dort in der Ewigkeit
geschieht alles zugleich,
Es ist kein Vor und Nach
wie hier im Zeitenreich.

Angelus Silesius

Der Eisbär

Sein Fell ähnelt dem Schnee
tiefem Schnee
dem männlichen Schnee
der angreift und lautlos

tötet wenn er fällt
die Welt einhüllend
damit sie schläft daß
die unterbrochene Stille zurückkehre

um sich niederzulegen mit uns
ihre Arme
um unseren Nacken
mörderisch für eine kurze Zeit

William Carlos Williams

Der Haltestau

Ein Sänger singt aus alten Zeiten
Belcanto.
Man möchte Blumen um sich sehn.

Was wird man später singen
aus unseren Zeiten?
Doch nicht: Eine Teertonne ist geplatzt,
eine Dampfwalze mit Motorschaden
steht mitten auf der Straße,
und eine Kolonne von Autos
hält hinter ihr mit blitzendem Blech und Glas.
Nicht anderswo, hier sind die Zeitereignisse.
Weitreisende
lassen sich das nicht bieten.
Nächstens fliegen sie mit einer Lufthansamaschine
durch die Wolken
über allen Straßen.

Ein Fußgänger nur
geht mit einer Blume im Knopfloch
durch die Verkehrshindernisse.
Zu seinem Schritt
läßt sichs noch singen.

Johannes Kühn

Auf den ersten Blick

Eigentlich hat sich nichts verändert:
die Kastanie vor dem Haus, vom Efeu gemartert,
die Pflaumenbäume auf ihrem blauen Teppich,
der süße Geruch der Kindheit und des Verfalls.
Vom Tal herauf dröhnen die Laster,
und der Schatten läuft eilig ums Haus,
gegen die Zeiger der Uhr, und prüft den Kummer.
Sogar der Brunnen steht noch wie ein Gedicht.
Als ich hineinsah, grüßte von unten, vom Grund,
ein Gesicht, von Fröschen in Falten gelegt.
Sein Mund stand weit offen, als wollte er schreien.
Nur die Wege ums Dorf haben sich vermehrt,
und einer führt geradenwegs durch mein Herz.
Aber sonst hat sich nichts verändert.

Michael Krüger

Ein unpünktlicher Mensch hat immer Eile, aber daraus folgt nicht, daß die Eile die Ursache seiner Unpünktlichkeit ist. Im Gegenteil, Trägheit ist schuld daran.

Bernard Shaw

Den Gang der gemessen ablaufenden Zeit beschleunigen zu wollen, ist das kostspieligste Unternehmen.

Arthur Schopenhauer

Zeit ist Geld, aber es hat keinen Sinn, sie zu sparen. Keine Bank wird sie uns für die späteren Jahre aufbewahren.

Gabriel Laub

Prognose

Meine Gesundheit ist besser geworden.
Laster belasten mich nicht. Meine Haut
Ist hart geworden. Meine Leber geschmeidig.
Mein Herz, o mein Herz, ein kleiner kräftiger Schlepper.
Und die andern Wehwehchen: wer
Hätte sie nicht.

Man wird mich totschlagen müssen
Eines Tages (im Jahre 2035).

Rolf Haufs

Die verstreuten Teile der Uhr

Los, mach schnell!
Der Abend fällt.
Bald sind die Erwachsenen da.
Das gibt Ärger.

Du hast die Zeit vergessen
auf der Suche nach ihrem Geheimnis
in den Rädchen die dir aus der Hand rutschen.
Manche haben Zähne.

Du wolltest das Mädchen
von gegenüber bezaubern.
Sie kam dir so nah,
ihre Brust streifte dein Ohr.

Sie mußte nach Hause,
aber du hast behauptet,
gleich wär es soweit,
gleich würde sie wieder ticken.

Statt dessen kauert ihr unter dem Tisch
und sucht und sucht.
Die Hände zittern dir,
und der Schlüssel steckt in der Tür.

Charles Simic

Geh mit der Zeit, aber komme von Zeit zu Zeit zurück.

Stanisław Jerzy Lec

Die erste Vorbedingung für die Unsterblichkeit ist das Sterben.

Stanisław Jerzy Lec

Vorurteil der Gelehrten. – Es ist ein richtiges Urteil der Gelehrten, daß die Menschen aller Zeiten zu *wissen* glaubten, was gut und böse, lobens- und tadelnswert sei. Aber es ist ein Vorurteil der Gelehrten, daß *wir es jetzt besser wüßten* als irgendeine Zeit.

Friedrich Nietzsche

Leben strömt durch meine Zeit,
und ich, ein unrasiertes Gesicht,
in dem die Falten tiefer werden, mustere die Spuren.

Gedanken wie Vieh,
unterwegs zur Tränke,
verlorene Sommer kehren zurück, der Reihe nach,

es kommt eine himmelstiefe Wehmut
über ein Riedgras, das einmal war,
und Wolken, die damals weißer rollten,

und dennoch weiß ich, alles ist dasselbe,
alles ist wie damals, unerreichbar;
warum bin ich auf der Welt,

und warum kommt es zu mir?
Und derselbe Flieder duftet wie damals:
Glaubt mir: es gibt ein unveränderliches Glück.

Lars Gustafsson

Der größte Respekt wird allen eingeprägt für die Zeit als für die höchste Gabe Gottes und der Natur und die aufmerksamste Begleiterin des Daseins.

J. W. von Goethe

Wie man versteinern soll. – Langsam, langsam hart werden wie ein Edelstein – und zuletzt still und zur Freude der Ewigkeit liegen bleiben.

Friedrich Nietzsche

Von keiner Wissenschaft abgelenkt
hängt unser Auge am Himmel,
dem unendlichen Weltbild.
Von der Schlange gefoppt,
sind wir ins Paradies getaumelt,
als hätten nur wir Anspruch auf Leben.
Der Engel der Empirie geht vorbei,
die Aktentasche unterm Arm
mit den Plänen fürs Universum.
Es muß ein Ende haben,
murmelt er vergnügt vor sich hin,
damit wir an den Anfang denken können.

Michael Krüger

Als ob man die Zeit totschlagen könnte, ohne die Ewigkeit zu verletzen.

Henry David Thoreau

Viele, die ihrer Zeit vorausgeeilt waren, mußten auf sie in sehr unbequemen Unterkünften warten.

Stanislaw Jerzy Lec

Wahrheit ist in der Gegenwart, nicht in der Zukunft.

Bernard Shaw

Eine Frage der Zeit

Ein Bogen Pack-
papier, zerknautscht,
etwa so groß

und scheinbar so massiv
wie ein Mann treibt
vor dem Wind her

Hals über Kopf
über Kopf gewälzt
die Straße lang, da

kam ein Auto, fuhr
darüber hin und
quatschte es ganz

zu Boden. Ein Mann
wäre nicht wieder
aufgestanden,

vom Winde Hals
über Kopf über Kopf
weitergetrieben.

William Carlos Williams

Zeit

Nach der Zeit des Brotes kommt die Zeit des Wassers.
Wer Brot gegessen hat, kann jetzt Wasser trinken
und wer kein Brot gehabt hat
kann Wasser saufen soviel er will.
Dann geht die Zeit des Wassers zu Ende.
Wasser und Brot werden nicht mehr zusammenkommen
und es ist die Rede vom Tisch, der Brot und Wasser vereinte.
Danach wird der Tisch Legende sein.
Kein Tisch, keine Rede vom Tisch in der Zeit des Stuhls.

Nach der Zeit des Stuhls kommt die Zeit des Bodens.
Wer auf dem Stuhl gesessen hat
kann jetzt stehn und gehn, auf dem Boden liegen
und wer keinen Stuhl gehabt hat
kann auf dem Boden sitzen, solang er will.
Dann geht die Zeit des Bodens zu Ende.
Boden und Stuhl werden nicht mehr zusammenkommen
und es ist die Rede vom Zimmer, das Stuhl und Boden vereinte.
Danach wird das Zimmer Legende sein.
Kein Zimmer, keine Rede vom Zimmer in Zeit und Raum.

Christoph Meckel

Die Zukunft

Lad sie ein,
freundlich,
wenn du weißt, wo sie ist,
wenn du die Richtung kennst,
in welche du rufen mußt!
Wenn sie je kommt,
so frag die nebelumhüllte
und eisige Frau
vorsichtig und scheu,
berühr nicht den Schleier,
berühr nicht ihr Kleid.
Sie ohrfeigt dich,
verläßt dich
hohngrinsend.

Ich glaub,
ihr ist die Sprache verboten
wie den Fischen.

Johannes Kühn

Ich habe zu viel und zu gerne gelesen ...

Ich habe zu viel und zu gerne gelesen,
ich hab mich bewegt wie auf ebener Bahn,
ich bin all die Jahre zu sicher gewesen,
ich habe mein Lebtag zu wenig getan.

Ich bin viel zu selten ins Grüne gegangen,
ich habe bei Schmerzen zu viel oft gestöhnt,
ich habe zu sehr an den Dingen gehangen,
ich hab mich zu sehr an mein Tagwerk gewöhnt.

Ich hab mich zu viel in Gedanken betrachtet,
ich habe die Worte zu wenig gesiebt,
ich habe die andern zu wenig beachtet,
ich habe meine Freunde zu wenig geliebt.

Ich bin auch stets viel zu offen gewesen,
ich habe zu wenig an später gedacht,
ich habe gelebt wie ein eigenes Wesen,
ich hab es am Ende so schlecht nicht gemacht.

Theodor Kramer

Die Alten

Der Anblick alter und häßlicher Männer und Frauen, besonders wenn sie auf einen Stock gestützt dahinschlurfen. Ihr Körper hat sie alle verraten, alle, die einmal schön waren und die einst leichtfüßig tanzen konnten. Doch in jedem von ihnen glüht noch ein Funke des Bewußtseins, so daß sie sich verwundert fragen: »Bin ich das wirklich? Aber das kann doch gar nicht wahr sein!«

Czesław Miłosz

Das Beste Der Welt

Weißt du, was in dieser Welt
Mir am meisten wohlgefällt?
Daß die Zeit sich selbst verzehret
Und die Welt nicht ewig währet.

Friedrich von Logau

Das Gedächtnis hebt die Zeit auf:
Es vereint, was dem Anschein nach getrennt vor sich geht.

Leo N. Tolstoj

Quellen

Angelus Silesius: *Dort in der Ewigkeit* … Aus: *Der Cherubinische Wandersmann*

Ray Young Bear: *ein wintergedanke.* Aus: *Der Gesang des schwarzen Bären.* (Übers.: Werner Arens, Hans-Martin Braun) München: C. H. Beck'sche Verlagsbuchhandlung; 1992. S. 247

John Berger: *Ziegenhirt.* Aus: *Wegzeichnung.* (Übers.: Hans Jürgen Balmes) München: Carl Hanser Verlag; 2001. S. 23

Beat Brechbühl: *Jahr und End.* Aus: *vom absägen der berge.* Zürich: Verlag Nagel & Kimche; 2001. S. 36

Beat Brechbühl: *Schriftliche Entschuldigung.* Aus: *vom absägen der berge.* Zürich: Verlag Nagel & Kimche; 2001. S. 39

Alfred Brendel: *Und wiederum* … Aus: *Störendes Lachen während des Jaworts.* München: Carl Hanser Verlag; 1997. S. 31

T. Carmi: *In diesem Augenblick.* Aus: *An den Granatapfel.* (Übers.: Gila Lustiger) München: Carl Hanser Verlag; 1991. S. 9

Der Fels. Lied der Omaha. Aus: *Der Gesang des schwarzen Bären.* (Übers.: Werner Arens, Hans-Martin Braun) München: C. H. Beck'sche Verlagsbuchhandlung; 1992. S. 93

Robert Gernhardt: *Verständlicher Wunsch.* Aus: Gedichte 1954–1997. Zürich: Haffmanns Verlag; 1999. S. 548

J. W. von Goethe: *Der größte Respekt* … Aus: *Wilhelm Meisters Wanderjahre*

J. W. von Goethe: *Werd' ich* … Aus: *Faust. Teil 1. Studierzimmer.* Frankfurt am Main: Deutscher Klassiker Verlag; 1994. S. 76

Lars Gustafsson: *Leben strömt* … (Übers.: Verena Reichel) Aus: *Ein Vormittag in Schweden.* München: Hanser, 1998. S. 16

Rolf Haufs: *Freitagabend.* Aus: *Aufgehobene Briefe.* München: Carl Hanser Verlag; 2001. S. 41

Rolf Haufs: *Prognose.* Aus: *Aufgehobene Briefe.* München: Carl Hanser Verlag; 2001. S. 7

Philippe Jaccottet: *Heute wurde* … Aus: *Nach so vielen Jahren.* München: Carl Hanser Verlag; 1998. S. 21

Theodor Kramer: *Ich habe zu viel . . .* Aus: *Die Wahrheit ist, man hat mir nichts getan.* Wien: Paul Zsolnay Verlag; 1999. S. 20

Michael Krüger: *Auf den ersten Blick.* Aus: *Wettervorhersage.* Salzburg: Residenz Verlag; 1998. S. 9

Michael Krüger: *Von keiner Wissenschaft . . .* Aus: Quint Buchholz/Michael Krüger: *Wer das Mondlicht fängt.* Zürich: Sanssouci; 2001. S. 92

Johannes Kühn: *Der Haltestau.* Aus: *Mit den Raben am Tisch.* München: Carl Hanser Verlag; 2000. S. 108

Johannes Kühn: *Die Zukunft.* Aus: *Mit den Raben am Tisch.* München: Carl Hanser Verlag; 2000. S. 146

Gabriel Laub: *Zeit ist ...* Aus: *Denken verdirbt den Charakter.* München: Carl Hanser Verlag; 1986. S. 13

Stanisław Jerzy Lec: *Auch Einsteins . . .* Aus: *Sämtliche unfrisierte Gedanken.* (Übers.: Karl Dedecius) München: Carl Hanser Verlag; 1991. S. 42

Stanisław Jerzy Lec: *Die erste . . .* Aus: *Sämtliche unfrisierte Gedanken.* (Übers.: Karl Dedecius) München: Carl Hanser Verlag; 1991. S. 42

Stanisław Jerzy Lec: *Ein Heldendenkmal . . .* Aus: *Sämtliche unfrisierte Gedanken.* (Übers.: Karl Dedecius) München: Carl Hanser Verlag; 1991. S. 62

Stanisław Jerzy Lec: *Geh mit . . .* Aus: *Sämtliche unfrisierte Gedanken.* (Übers.: Karl Dedecius) München: Carl Hanser Verlag; 1991. S. 58

Stanisław Jerzy Lec: *Viele die . . .* Aus: *Sämtliche unfrisierte Gedanken.* (Übers.: Karl Dedecius) München: Carl Hanser Verlag; 1991. S. 10

Friedrich von Logau: *Das Beste Der Welt.* Aus: *Deutsche Barocklyrik.* Zürich: Manesse Verlag; 1977. S. 54

Sándor Márai: *Montag, der erste.* Aus: *Ohne Anfang und Ende.* (Übers.: Ernö Zeltner) München: Piper Verlag; 2000. S. 15

Christoph Meckel: *Zeit.* Aus: *Zähne.* München: Carl Hanser Verlag; 2000. S. 61

Czesław Miłosz: *Die Alten.* Aus: *Hündchen am Wegesrand.* (Übers.: Doreen Daume) München: Hanser, 1998. S. 24

Czesław Miłosz: *Vorübergehend* ... Aus: *Hündchen am Wegesrand.* (Übers.: Doreen Daume) München: Hanser, 1998. S. 28

Paul Muldoon: *Weswegen* ... Aus: *Auf schmalen Pfaden durch den tiefen Norden.* (Übers.: Margitt Lehbert und Hans-Christian Oeser) München: Carl Hanser Verlag; 1998. S. 89

Friedrich Nietzsche: *Vorurteil* ... Aus: *Morgenröte.* Werke in drei Bänden. Bd. I. München: Carl Hanser Verlag; 1954. S. 1017

Friedrich Nietzsche: *Wie man* ... Aus: *Morgenröte.* Werke in drei Bänden. Bd. I. München: Carl Hanser Verlag; 1954. S. 1260

David Rokeah: *Nur Augen.* Aus: *Du hörst es immer.* (Übers.: Michael Krüger) München: Carl Hanser Verlag; 1998. S. 45

Friedrich Schiller: *Des Menschen* ... Aus: *Wallenstein*

Arthur Schopenhauer: *Den Gang* ... Aus: *Aphorismen zur Lebensweisheit*

Bernard Shaw: *Ein unpünktlicher* ... Aus: *Vorrede zu »Des Doktors Dilemma«*, zitiert nach: *Lektüre für Minuten.* Frankfurt am Main: Suhrkamp; 2000. S. 102

Bernard Shaw: *Handlungen* ... Aus: *Der Amateursozialist*, zitiert nach: *Lektüre für Minuten.* Frankfurt am Main: Suhrkamp; 2000. S. 102

Bernard Shaw: *Wahrheit* ... Aus: *Vorrede zu »On the Rocks«*, zitiert nach: *Lektüre für Minuten.* Frankfurt am Main: Suhrkamp; 2000. S 103

Charles Simic: *Die verstreuten Teile der Uhr.* Aus: *Ein Buch von Göttern und Teufeln.* (Übers.: H. M. Enzensberger) München: Carl Hanser Verlag; 1993. S. 46

Charles Simic: *Die Verlobung.* Aus: *Ein Buch von Göttern und Teufeln.* (Übers.: H. M. Enzensberger) München: Carl Hanser Verlag; 1993. S. 41

Henry David Thoreau: *Als ob man* ... Aus: *Walden*

Leo N. Tolstoj: *Das Gedächtnis* ... Aus: *Tagebücher (1900)*

William Carlos Williams: *Der Eisbär.* Aus: *Der harte Kern der Schönheit.* (Übers.: Heinz Czechowski) München: Carl Hanser Verlag; 1991. S. 151

William Carlos Williams: *Eine Frage der Zeit.* Aus: *Der harte Kern der Schönheit.* (Übers.: H. M. Enzensberger) München: Carl Hanser Verlag; 1991. S. 151